Les Mouches

FichesdeLecture.com

Les Mouches
(Fiche de lecture)

I. INTRODUCTION

Première pièce de théâtre de Jean-Paul Sartre proposée au public, à l'exception de *Bariona* (montée en captivité) *Les Mouches* reprend le mythe antique d'Electre. Il s'agit d'un drame en trois actes mettant en scène des membres de la famille des Atrides dans le but de développer une vision philosophique de la tragédie autour des thèmes de la liberté et de la culpabilité.

II. RÉSUMÉ DE LA PIÈCE

Oreste et son précepteur, le Pédagogue, arrivent dans la ville d'Argos. Ce dernier se plaint du fait que la ville est désagréable et ses habitants hostiles, mais Oreste lui répond qu'il y est né. Jupiter les approche, déguisé en homme et leur raconte l'histoire d'Argos : quinze ans plus tôt, la reine Clytemnestre et le roi actuel, Egisthe, a assassiné Agamemnon, l'ancien Roi et mari de Clytemnestre. Les habitants d'Argos savaient tous ce qui allait arriver mais n'ont rien fait pour l'empêcher. Au lieu de les punir, les Dieux leur ont envoyé des mouches pour envahir la cité. Depuis le meurtre, le peuple d'Argos vit dans une atmosphère lourde et permanente de remords, essayant tant bien que mal d'expier leurs péchés.

Jupiter mentionne le fils d'Agamemnon, Oreste, et espère que si un jour celui-ci revient à Argos, il n'interférera pas avec le remords de son peuple, car cette situation ravit les Dieux. Lorsque Jupiter les quitte, Oreste se plaint à son Pédagogue de ne plus ressentir d'appartenance nulle part. Il n'a pas de vraie maison, pas de véritable famille. Il aimerait parvenir à se sentir chez lui à Argos, sa ville natale.

Electre apparaît et maudit la statue de Jupiter. Elle exprime son souhait de voir un jour son frère Oreste revenir venger la mort de son père et délivrer

Argos. Oreste se présente à elle sous un faux nom. Elle lui raconte que sa mère l'a reléguée au rang d'esclave et qu'elle déteste le roi et la reine. Oreste lui dit qu'à l'extérieur de la ville, les gens vivent heureux et sans remords.

La Reine Clytemnestre survient et annonce à Electre qu'elle doit se rendre à la cérémonie annuelle du Jour des Morts. Electre explique alors à Oreste qu'en ce jour spécial, les morts sont libérés hors d'une immense grotte afin de torturer la ville pendant toute la journée, vengeant ainsi les crimes commis par les vivants. Electre et sa mère se disputent, mais finalement la jeune femme cède et accepte de venir à la cérémonie. Elle demande à Oreste de rester assez longtemps à Argos, afin d'y assister. Clytemnestre demande au contraire à Oreste de quitter la ville, car sa présence trouble Electre et menace de provoquer une catastrophe. Oreste décide de rester pour la cérémonie.

Accompagné par Jupiter, Oreste se rend à la cérémonie. Le peuple d'Argos clame publiquement ses péchés et crie sa peur des Défunts et des tortures qu'ils vont lui infliger. Egisthe dit à ses gardes de trouver Electre, mais ils n'arrivent pas à la localiser. La cérémonie commence, rappelant leurs fautes aux habitants de la ville. La grotte est ouverte et les Défunts libérés. Soudain, Electre apparaît, vêtue entièrement de blanc. La population lui reproche son manqué de respect pour les morts, mais elle commence à danser en disant aux habitants qu'ailleurs, les gens vivent heureux et loin du sentiment du remords, et que les Morts préféreraient les voir joyeux et non rongés par la culpabilité.

Alors que le peuple d'Argos commence à écouter les paroles d'Electre, Jupiter fait chuter une énorme pierre de la grotte. Terrifiés, les gens maudissent Electre qui les a tentés. Egisthe lui ordonne de quitter la ville pour toujours. Une fois que les autres sont parties, Oreste s'approche d'Electre pour la convaincre de partir avec lui. Elle lui répond qu'elle doit rester à Argos, car elle attend le retour de son frère et veut l'aider à élaborer sa vengeance. Oreste révèle alors son identité. Electre est bouleversée car elle s'attendait à ce qu'il soit un guerrier.

Electre sait maintenant qu'Oreste n'est pas un soldat qui pourrait l'aider à se venger, Elle lui dit de partir et déclare qu'elle se doit de rester. Oreste demande à Zeus de lui adresser un signe pour savoir s'il doit vraiment quitter la ville comme un lâche. Jupiter provoque un éclair près de la pierre. Mais Oreste comprend qu'il doit rester et libérer le peuple de la ville. Il n'obéira donc pas aux ordres des Dieux. Se rendant compte enfin qu'il s'agit vraiment de son frère et qu'il va pouvoir l'aider, Electre accepte de se joindre à lui.

Jupiter pénètre dans le palais et ordonne à Egisthe d'arrêter Oreste et Electre sur-le-champ. Egisthe refuse, disant qu'il est fatigué de soumettre son peuple sous de faux prétextes et qu'il préférerait mourir que de continuer ainsi. Jupiter lui dit qu'Oreste est dangereux. Il sait qu'il est libre, et cela pourrait l'amener à bouleverser tout l'ordre qu'Egisthe a mis en place dans Argos. Dès le départ de Jupiter, Oreste et Electre jaillissent hors de leur cachette et Oreste tue Egisthe. Electre perd son sang-froid et essaie de l'arrêter, mais Oreste la repousse et tue Clytemnestre, cette fois. Le frère et la sœur décident de se cacher dans le sanctuaire d'Apollon pour la nuit, mais Electre réalise que les mouches qui tournent autour d'eux se sont transformées en Erinnyes, mouches de Jupiter et déesses du remords.

Oreste et Electre se réveillent dans le sanctuaire le lendemain matin, et Electre est horrifiée à l'idée de ce qui s'est produit la veille. Elle rejette son frère, en disant qu'il a jeté la culpabilité sur elle par sa violence. Les Erinnyes la poursuivent et Electre s'abandonne à leurs tortures pour échapper à sa culpabilité. Entre alors Jupiter, qui promet au frère et à la sœur de leur accorder le salut et le trône d'Argos s'ils se repentent de leurs crimes. Oreste refuse.

Jupiter déclare à Oreste qu'il est désormais seul et qu'il a violé les lois divines. Oreste lui répond qu'il est un homme libre et qu'il ne suit que ses propres règles, même si cela signifie pour lui une éternelle solitude. Jupiter s'en va, lui disant en partant qu'elle a pitié de lui-même si Oreste a menacé l'ordre établi. Electre dédaigne Oreste et court après le Dieu. Totalement seul, Oreste s'adresse aux habitants d'Argos, qui se sont réunis autour de lui pour le tuer. Il leur dit qu'il est Oreste, leur roi légitime, et qu'il est venu les libérer des mouches et de leur culpabilité. Il a pris sur lui tous les péchés de son peuple, et ils doivent maintenant apprendre à vivre libres. Il quitte la cité et les Erinnyes le suivent.

III. ANALYSE DES PRINCIPAUX PERSONNAGES

Oreste

Oreste est un outil littéraire conçu par Sartre pour incarner sa philosophie de la liberté. Les étapes de l'évolution d'Oreste dans la pièce sont en fait le miroir des étapes nécessaires à un être humain pour trouver sa liberté. Au début, Oreste nous apparaît en pleine lutte avec la notion communément acceptée de liberté, qui est l'idée que quelqu'un est libre s'il n'a pas d'attaches, pas d'engagement et riche. Il s'agit certainement d'une sorte de liberté, mais bien loin de la véritable liberté que Sartre veut nous faire découvrir. Il s'agit d'une « liberté hors de » quelque chose, dans la mesure où Oreste n'est tout simplement tenu à rien. Il est libre de toute persécution, libre de ne pas travailler, libre de toute activité politique ou encore d'agir selon des règles morales ou religieuses. Mais Oreste a le sentiment (justifié) qu'être libéré de toutes ces contraintes ne fait pas pour autant de lui un homme libre. Il estime que rien ne lui appartient vraiment : il n'a ni ville, ni communauté, ni famille qu'il puisse considérer comme les siennes. En outre, il n'a aucune raison de faire quoi que ce soit. Il est dégagé de toute responsabilité.

Alors que l'intrigue se développe sur scène, Oreste comprend qu'une liberté différente peut être envisagée, liberté qui pourrait être qualifiée de « liberté de faire quelque chose », de viser quelque chose. Il apprend que la liberté n'est pas quelque chose de matériel. L'argent, l'éducation et les esclaves ne permettent pas d'atteindre une liberté véritable. Lorsqu'Oreste demande à Jupiter de lui envoyer un signe, le Dieu lui répond. Mais c'est en le voyant qu'Oreste comprend qu'il n'a pas besoin de suivre ce signe. Il est libre de ne pas obéir aux Dieux et d'échapper au contrôle moral du système. Oreste comprend qu'il est libre de tuer les tyrans qui dirigent Argos et qu'à l'inverse, ne pas les tuer doit également être un choix de sa part. Les Dieux lui ont peut-être ordonné de partir, mais il est libre d'interpréter ce signe comme il le veut.

Jupiter veut amener Oreste à agir et quitter Argos en lui envoyant un signe. Mais la prise de conscience d'Oreste signifie précisément pour lui qu'un signe n'a pas à avoir une incidence sur ses propres choix d'action. Il décide donc d'y répondre à sa façon. Sa liberté est celle d'agir, c'est une liberté positive. Tuer Egisthe et Clytemnestre l'amène à se créer de nouvelles valeurs qu'il ne doit qu'à lui-même. Par exemple, il développe l'idée que la libération du peuple d'Argos est plus importante que de s'abstenir de tuer. Du coup, il ne ressent pas de culpabilité : sa liberté est à la fois celle de l'action et celle d'interpréter le monde sous un nouveau jour. Dans la mesure où il a conçu le meurtre du roi et de la reine comme juste et nécessaire, alors son action est perçue comme juste également. L'évolution d'Oreste est en fait une progression de la notion commune de liberté vers une compréhension plus profonde de ce concept.

Jupiter

Jupiter est l'adversaire le plus évident d'Oreste. C'est lui qui a créé le système moral destiné à commander aux actions humaines. En inspirant de la peur à ses sujets et en leur envoyant des signes, Jupiter espère les forcer à agir dans le sens qu'il désire. Mais il y a un défaut dans son plan, bien que ce soit le seul : Jupiter ne peut, en réalité, forcer quiconque à faire quoi que ce soit. Seuls les êtres humains peuvent décider si, oui ou non, ils vont suivre ses désirs. Son objectif, dans cette perspective, est de s'assurer qu'ils ne se rendent pas compte de la liberté dont ils disposent de décider pour eux-mêmes. Dans la mesure où Oreste est le seul dans la pièce à comprendre ce que signifie être libre, c'est-à-dire choisir pour soi-même plutôt que d'obéir, il constitue une menace importante pour le règne de Jupiter. Le personnage du Dieu n'évolue pas au cours de la pièce. Son caractère divin plutôt qu'humain lui empêche toute capacité à changer avec le temps. Jupiter est un personnage, non une personne : il est une image que les gens gardent à l'esprit. Il doit constamment se présenter à eux à l'identique, en tant que juge suprême qu'ils doivent craindre et à qui ils doivent obéir.

Le personnage de Jupiter incarne l'ensemble des systèmes politiques et moraux d'une société. En imposant des règles de comportement et d'action, ces systèmes tentent de priver les êtres humains de leur pouvoir d'agir librement. Sartre interprète habilement la farce et le mélodrame lorsqu'il met en scène Jupiter. Celui-ci fait tomber des mouches et sa capacité à déplacer des pierres semble assez stupide : en effet, il lève un bras et débite des paroles incompréhensibles. Sartre veut nous faire comprendre que les institutions visant à limiter la liberté humaine ne sont que des images qui maintiennent leur influence uniquement parce que les hommes croient en elles. Ce qui se cache derrière l'image n'est pas la puissance en soi. Cette puissance n'est que celle qu'on lui concède. La manière comique dont Jupiter exerce ses tours de magie et tout l'aspect mélodramatique avec lequel il donne ses ordres nous prouvent une chose : ce qui se cache derrière toute domination morale est une farce.

Electre

Electre s'avère être le double négatif d'Oreste. Son évolution s'effectue en parallèle de son frère, mais dans la direction opposée. Au début, c'est Oreste qui ne veut pas agir, alors qu'Electre, elle, a attendu l'heure de la revanche des années durant : elle veut venger la mort de son père. Au final, c'est son acceptation du destin qui précipite sa chute. L'abandonner, c'est ne plus avoir de raison de vivre. Contrairement à Oreste, elle ne peut se définir par son action, car elle ne sait se définir que par la destinée qu'elle pense devoir accomplir, et cette notion de destin donne tout son sens à son existence. Une fois la vengeance accomplie, Electre perd sa raison de vivre et de se définir.

Avant le meurtre, elle est convaincue que cette action est la chose la plus juste à faire. Mais une fois le Roi et la Reine assassinés, Electre sombre dans la lâcheté. Elle n'a plus le courage de ses convictions antérieures puisque, paradoxalement, c'est le fait de n'avoir pas agi sur elles qui lui donnait le pouvoir d'assumer ses croyances. Son système de valeurs disparaît avec le geste d'Oreste et elle se retrouve confrontée à sa nouvelle identité, celle d'une meurtrière aux yeux de la société. Electre se repent donc, laissant Oreste seul dans sa certitude que son geste était une bonne action.

Egisthe

Egisthe est le pion de Jupiter parmi les êtres humains. Son but est d'imposer l'ordre dans la société. Pour cela, il parvient astucieusement à aveugler ses sujets sur le fait qu'ils sont libres. Il entretient leur senti-ment de culpabilité suite à la mort d'Agamemnon. Dans sa ville d'Argos, pleine de remords, tout est paisible. Personne ne veut se détacher du lot, car tout le monde craint le jugement d'autrui. Tout le monde se repent de tous les actes accomplis, indépendamment de la façon dont eux-mêmes ressentent leurs péchés. Egisthe est là pour incarner la figure du juge qui plane constamment au-dessus de leurs têtes. En outre, comme personne ne veut écoper d'encore plus de culpabilité de ce qu'il a déjà à porter, personne ne vient contester la structure du pouvoir. Egisthe découvre cependant que le pouvoir à un prix : comme Jupiter, il devient son image. Il ne sait plus qui il est ; tout ce qu'il sait de lui-même est désormais le reflet de ce qu'il projette vers les autres. En prenant le pouvoir, il s'est détruit lui-même.

Le péché d'Egisthe est en fait d'être conscient de la liberté humaine et de choisir sciemment de la limiter.

IV. AXES DE LECTURE DE LA PIÈCE

La liberté

L'importance de la liberté est le thème dominant de la pièce. La philosophie de Sartre est construite autour de l'idée que les êtres humains sont capables de concevoir leur propre vision du monde. La liberté est cette capacité à inventer de nouvelles valeurs, à penser sa propre identité et le monde qui nous entoure. C'est donc une valeur fondamentale dans l'œuvre de Sartre. Lorsqu'il trouve le peuple d'Argos asservi par un cadre moral qui exige une perpétuelle repentance pour les péchés passés, Oreste décide qu'il va, en tuant Egisthe et Clytemnestre, se repositionner en tant que membre de la cité d'Argos et libérer ses habitants de ces règles tyranniques. Étant donné que la liberté humaine est la plus grande des valeurs, elle remplace à la fois la vision sceptique qui considère que les mœurs sont relatives et la vision divine dont la morale exige l'adhésion de tous les hommes. Oreste décide d'agir libéré de l'idée de destin et des tentatives de Jupiter de maintenir l'ordre. Pour Sartre, la liberté suppose à la fois un choix et l'action qui en découle. La pièce est structurée autour de cette vision. Dans l'Acte II, le seul acte doté de deux scènes, on voit Oreste prendre sa décision lors de la scène 1 et agir en conséquence dans la suivante. La réalisation de sa propre liberté fournit ainsi un axe autour duquel la pièce tourne.

Sartre ayant composé sa pièce pendant l'occupation de la France par les nazis, il prêche à travers elle une action révolutionnaire pour libérer les gens du système qu'on leur impose.

Responsabilité et culpabilité

La responsabilité peut être liée à la culpabilité ou à la liberté. Assumer la responsabilité d'une action peut aussi impliquer de se sentir coupable. Les habitants d'Argos ont été « élevés » dans cette pièce. Oreste retourne ce point de vue : la culpabilité apparaît quand un individu juge son action mauvaise selon la norme morale. Et dans la mesure où les plus hautes valeurs morales découlent directement de la liberté humaine, on ne peut subir un sentiment de culpabilité si on agit librement. La liberté dans l'action créer les valeurs, donc une action libre ne peut pas être mauvaise selon les standards moraux d'une personne. Ainsi, Oreste prend la responsabilité totale du meurtre d'Egisthe et de Clytemnestre. En conséquence, il estime que son action était juste puisqu'elle a suivi une décision prise librement. Electre, elle, refuse cette responsabilité car elle est effrayée par le jugement des autres. De son point de vue, elle fait du meurtre un accident. Elle est tourmentée par la culpabilité précisément parce qu'elle refuse d'accepter cette action comme la sienne et essaie de la rejeter entièrement sur Oreste. De cette manière, elle a l'impression que c'est lui qui a ruiné son innocence.

Passé et futur

Une action libre exige un engagement envers le futur. Les habitants d'Argos ne sont pas libres car ils sont uniquement et entièrement tournés vers leur passé et les fautes qu'ils ont commises. Ils sont donc incapables de construire leurs vies librement, car le fardeau de ce passé les empêche de bâtir de nouvelles valeurs, de nouvelles fondations. Leurs valeurs sont gravées dans le marbre et leurs vies consistent à juger les mêmes anciennes fautes selon les mêmes standards moraux. Or, afin d'agir librement, il faut soi-même interpréter son passé plutôt que laisser quelqu'un d'autre le faire.

Oreste, le seul personnage libre de la pièce, agit ainsi. Il agit au nom du futur. Electre, au contraire, agit au nom de la revanche sur le passé. Elle regarde en avant dans le seul but d'accomplir sa vengeance dans le sang. Une fois ce but atteint, Electre ne peut que regarder en arrière et constater la perte de sa liberté.

Dans la même collection en numérique

Les Misérables
Le messager d'Athènes
Candide
L'Etranger
Rhinocéros
Antigone
Le père Goriot
La Peste
Balzac et la petite tailleuse chinoise
Le Roi Arthur
L'Avare
Pierre et Jean
L'Homme qui a séduit le soleil
Alcools
L'Affaire Caïus
La gloire de mon père
L'Ordinatueur
Le médecin malgré lui
La rivière à l'envers - Tomek
Le Journal d'Anne Frank
Le monde perdu
Le royaume de Kensuké
Un Sac De Billes
Baby-sitter blues
Le fantôme de maître Guillemin
Trois contes
Kamo, l'agence Babel
Le Garçon en pyjama rayé
Les Contemplations

Escadrille 80

Inconnu à cette adresse

La controverse de Valladolid

Les Vilains petits canards

Une partie de campagne

Cahier d'un retour au pays natal

Dora Bruder

L'Enfant et la rivière

Moderato Cantabile

Alice au pays des merveilles

Le faucon déniché

Une vie

Chronique des Indiens Guayaki

Je voudrais que quelqu'un m'attende quelque part

La nuit de Valognes

Œdipe

Disparition Programmée

Education européenne

L'auberge rouge

L'Illiade

Le voyage de Monsieur Perrichon

Lucrèce Borgia

Paul et Virginie

Ursule Mirouët

Discours sur les fondements de l'inégalité

L'adversaire

La petite Fadette

La prochaine fois

Le blé en herbe

Le Mystère de la Chambre Jaune

Les Hauts des Hurlevent

Les perses

Mondo et autres histoires

Vingt mille lieues sous les mers

99 francs

Arria Marcella

Chante Luna

Emile, ou de l'éducation
Histoires extraordinaires
L'homme invisible
La bibliothécaire
La cicatrice
La croix des pauvres
La fille du capitaine
Le Crime de l'Orient-Express
Le Faucon malté
Le hussard sur le toit
Le Livre dont vous êtes la victime
Les cinq écus de Bretagne
No pasarán, le jeu
Quand j'avais cinq ans je m'ai tué
Si tu veux être mon amie
Tristan et Iseult
Une bouteille dans la mer de Gaza
Cent ans de solitude
Contes à l'envers
Contes et nouvelles en vers
Dalva
Jean de Florette
L'homme qui voulait être heureux
L'île mystérieuse
La Dame aux camélias
La petite sirène
La planète des singes
La Religieuse
1984 A l'Ouest rien de nouveau
Aliocha
Andromaque
Au bonheur des dames
Bel ami
Bérénice
Caligula
Cannibale
Carmen

Chronique d'une mort annoncée
Contes des frères Grimm
Cyrano de Bergerac
Des souris et des hommes
Deux ans de vacances
Dom Juan
Electre
En attendant Godot
Enfance
Eugénie Grandet
Fahrenheit 451
Fin de partie
Frankenstein
Gargantua
Germinal
Hamlet
Horace
Huis Clos
Jacques le fataliste
Jane Eyre
Knock
L'homme qui rit
La Bête humaine
La Cantatrice Chauve
La chartreuse de Parme
La cousine Bette
La Curée
La Farce de Maitre Pathelin
La ferme des animaux
La guerre de Troie n'aura pas lieu
La leçon
La Machine Infernale
La métamorphose
La mort du roi Tsongor
La nuit des temps
La nuit du renard
La Parure

La peau de chagrin

La Petite Fille de Monsieur Linh

La Photo qui tue

La Plage d'Ostende

La princesse de Clèves

La promesse de l'aube

La Vénus d'Ille

La vie devant soi

L'alchimiste

L'Amant

L'Ami retrouvé

L'appel de la forêt

L'assassin habite au 21

L'assommoir

L'attentat

L'attrape-coeurs

Le Bal

Le Barbier de Séville

Le Bourgeois Gentilhomme

Le Capitaine Fracasse

Le chat noir

Le chien des Baskerville

Le Cid

Le Colonel Chabert

Le Comte de Monte-Cristo

Le dernier jour d'un condamné

Le diable au corps

Le Grand Meaulnes

Le Grand Troupeau

Le Horla

Le jeu de l'amour et du hasard

Le Joueur d'échecs

Le Lion

Le liseur

Le malade imaginaire

Le Mariage de Figaro

Le meilleur des mondes

Le Monde comme il va

Le Parfum

Le Passeur

Le Petit Prince

Le pianiste

Le Prince

Le Roman de la momie

Le Roman de Renart

Le Rouge et le Noir

Le Soleil des Scortas

Le Tartuffe

Le vieux qui lisait des romans d'amour

L'Ecole des Femmes

L'Ecume Des Jours

Les Bonnes

Les Caprices de Marianne

Les cerfs-volants de Kaboul

Les contes de la Bécasse

Les dix petits nègres

Les femmes savantes

Les fourberies de Scapin

Les Justes

Les Lettres Persanes

Les liaisons dangereuses

Les Métamorphoses

Les Mouches

Les Trois mousquetaires

L'étrange cas du Dr Jekyll et de Mr Hyde

L'Ile Au Trésor

L'île des esclaves

L'illusion comique

L'Ingénu

L'Odyssée

L'Ombre du vent

Lorenzaccio

Madame Bovary

Manon Lescaut

Micromégas

Mon ami Frédéric

Mon bel oranger

Nana

Ne tirez pas sur l'oiseau moqueur

Notre-Dame de Paris

Oliver twist

On ne badine pas avec l'amour

Oscar et la dame rose

Pantagruel

Le Misanthrope

Perceval ou le conte du Graal

Phèdre

Ravage

Roméo et Juliette

Ruy Blas

Sa Majesté des Mouches

Si c'est un homme

Stupeur et tremblements

Supplément au voyage de Bougainville

Tanguy

Thérèse Desqueyroux

Thérèse Raquin

Ubu Roi

Un Barrage contre le Pacifique

Un long dimanche de fiançailles

Un secret

Vendredi ou la vie sauvage

Vipère au poing

Voyage au bout de la nuit

Voyage au centre de la terre

Yvain ou le Chevalier au lion

Zadig

À propos de la collection

La série FichesdeLecture.com offre des contenus éducatifs aux étudiants et aux professeurs tels que : des résumés, des analyses littéraires, des questionnaires et des commentaires sur la littérature moderne et classique. Nos documents sont prévus comme des compléments à la lecture des oeuvres originales et aide les étudiants à comprendre la littérature.

Fondé en 2001, notre site FichesdeLectures.com s'est développé très rapidement et propose désormais plus de 2500 documents directement téléchargeables en ligne, devenant ainsi le premier site d'analyses littéraires en ligne de langue française.

FichesdeLecture est partenaire du Ministère de l'Education du Luxembourg depuis 2009.

Plus d'informations sur www.fichesdelecture.com

Notes :